JN318286

繰り返し読みたい

日本の名詩一〇〇

彩図社文芸部　編纂

序

日本語というものは、海外の言語と比べて複雑だと言われます。たとえば、自分のことを表す言葉だけでも、わたし、わたくし、僕、俺、小生、吾輩など、二十種類以上が数えられます。

この言葉の豊富さの背景には、豊かな四季、自然、風土、文化などはもちろん、日本人が古来持ち続けてきた豊かな感受性や情緒を見ることができます。言葉の豊富さは言語表現の巧みさを生み出すとともに、細やかな心象を描き出すことにもつながっています。

日本語で編まれた日本の詩には優れたものが多くあります。一篇の詩を読むだけで、胸に迫る切なさや哀しさが込み上げてきたり、また時には全身が奮い立つような思いに駆られることもあります。優れた詩というものは情緒、感情、風景、記憶などが閉じ込められた宝石箱のようなものかもしれません。

本書にはそんな日本の名詩を一〇〇篇収録しました。なるべく多くの詩人の作品を収録するため、各々の収録詩を二、三篇とし、合計で三十五人の作品を収録してあります。

本書によって読者の方々が自分にとっての特別な詩を発見することができれば、編集部としてこれ以上の喜びはありません。

目次

繰り返し読みたい

日本の名詩一〇〇

中原中也

汚れつちまつた悲しみに……

汚れつちまつた悲しみに
今日も小雪の降りかかる
汚れつちまつた悲しみに
今日も風さへ吹きすぎる

汚れつちまつた悲しみは
たとへば狐の革裘（かはごろも）
汚れつちまつた悲しみは

なかはら・ちゅうや（一九〇七—一九三七）山口県生まれ。十五歳で友人と歌集を発表する。「ダダイスト新吉の詩」を読みダダイズムに傾倒、また、ランボーやヴェルレーヌなどフランスの詩にも親しむ。一九三四年に処女詩集「山羊の歌」を刊行するも、一九三七年に三十歳の若さで死去。翌年、詩集「在りし日の歌」が刊行された。

15　中原中也

小雪のかかつてちぢこまる

汚れつちまつた悲しみは
なにのぞむなくねがふなく
汚れつちまつた悲しみは
倦怠（けだい）のうちに死を夢む

汚れつちまつた悲しみに
いたいたしくも怖気（おぢけ）づき
汚れつちまつた悲しみに
なすところもなく日は暮れる……

サーカス

幾時代かがありまして
　茶色い戦争ありました

幾時代かがありまして
　冬は疾風吹きました

幾時代かがありまして
　今夜此処での一(ひ)と殷盛(さか)り
　　今夜此処での一と殷盛り

サーカス小屋は高い梁(はり)
　そこに一つのブランコだ
見えるともないブランコだ

頭倒(さか)さに手を垂れて

　汚れ木綿の屋蓋(やね)のもと
ゆあーん　ゆよーん　ゆやゆよん

それの近くの白い灯が
　安価(やす)いリボンと息を吐き

観客様はみな鰯
　咽喉(のんど)が鳴ります牡蠣殻(かきがら)と
ゆあーん　ゆよーん　ゆやゆよん

　屋外(やぐわい)は真ッ闇(くら)　闇(くら)の闇(くら)
　夜は劫々(こふこふ)と更けまする
　落下傘奴(らくかがさめ)のノスタルヂアと
　ゆあーん　ゆよーん　ゆやゆよん

湖上

ポツカリ月が出ましたら、
舟を浮べて出掛けませう。
波はヒタヒタ打つでせう、
風も少しはあるでせう。

沖に出たらば暗いでせう、
櫂（かい）から滴垂（したた）る水の音は
昵懇（ちか）しいものに聞こえませう、
――あなたの言葉の杜切（とぎ）れ間を。

月は聴き耳立てるでせう、
すこしは降りても来るでせう、
われら接唇（くちづけ）する時に
月は頭上にあるでせう。

あなたはなほも、語るでせう、
よしないことや拗言（すねごと）や、
洩らさず私は聴くでせう、
——けれど漕ぐ手はやめないで。

ポッカリ月が出ましたら、
舟を浮べて出掛けませう、
波はヒタヒタ打つでせう、
風も少しはあるでせう。

春日狂想

1

愛するものが死んだ時には、
自殺しなけあなりません。

愛するものが死んだ時には、
それより他に、方法がない。

けれどもそれでも、業（ごふ）（?）が深くて、
なほもながらふことともなつたら、

奉仕の気持に、なることなんです。
奉仕の気持に、なることなんです。

愛するものは、死んだのですから、

たしかにそれは、死んだのですから、
もはやどうにも、ならぬのですから、
そのもののために、そのもののために、
奉仕の気持に、ならなけあならない。
奉仕の気持に、ならなけあならない。

2

奉仕の気持になりはなつたが、
さて格別の、ことも出来ない。
そこで以前（せん）より、本なら熟読。
そこで以前（せん）より、人には丁寧。
テムポ正しき散歩をなして
麦稈真田（ばくかんさなだ）を敬虔（けいけん）に編み――

まるでこれでは、玩具(おもちゃ)の兵隊、
まるでこれでは、毎日、日曜。

神社の日向を、ゆるゆる歩み、
知人に遇(あ)へば、につこり致し、

飴売爺々(あめうりぢぢい)と、仲よしになり、
鳩に豆なぞ、パラパラ撒いて、

まぶしくなつたら、日蔭に這入(はひ)り、
そこで地面や草木を見直す。

苔はまことに、ひんやりいたし、
いはうやうなき、今日の麗日。

参詣人等もぞろぞろ歩き、

わたしは、なんにも腹が立たない。

　　（まことに人生、一瞬の夢
　　ゴム風船の、美しさかな。）

空に昇つて、光つて、消えて――
やあ、今日は、御機嫌いかが。
久しぶりだね、その後どうです。
そこらの何処かで、お茶でも飲みましよ。

勇んで茶店に這入りはすれど、
ところで話は、とかくないもの。
煙草なんぞを、くさくさ吹かし、
名状しがたい覚悟をなして、――

戸外(そと)はまことに賑かなこと！
——ではまたそのうち、奥さんによろしく、
外国(あっち)に行つたら、たよりを下さい。
あんまりお酒は、飲まんがいいよ。

馬車も通れば、電車も通る。
まことに人生、花嫁御寮。

まぶしく、美(は)しく、はた俯(うつむ)いて、
話をさせたら、でもうんざりか？
それでも心をポーッとさせる、
まことに、人生、花嫁御寮。

3

ではみなさん、
喜び過ぎず悲しみ過ぎず、
テムポ正しく、握手をしませう。

つまり、我等に欠けてるものは、
実直なんぞと、心得まして。

ハイ、ではみなさん、ハイ、御一緒に――
テムポ正しく、握手をしませう。

宮沢賢治

〔雨ニモマケズ〕

雨ニモマケズ
風ニモマケズ
雪ニモ夏ノ暑サニモマケヌ
丈夫ナカラダヲモチ
慾ハナク
決シテ瞋ラズ
イツモシヅカニワラッテヰル
一日ニ玄米四合ト

みやざわ・けんじ（一八九六―一九三三）岩手県生まれ。花巻農学校で教師を務める傍ら、創作活動を行う。法華経に傾倒、農民生活の向上に尽した人生は、作品にも独特の世界観を伴って表れている。主な作品に詩集「春と修羅」、童話「注文の多い料理店」「銀河鉄道の夜」「風の又三郎」など。多くは没後に発表された。

味噌ト少シノ野菜ヲタベ
アラユルコトヲ
ジブンヲカンジョウニ入レズニ
ヨクミキキシワカリ
ソシテワスレズ
野原ノ松ノ林ノ蔭ノ
小サナ萱ブキノ小屋ニヰテ
東ニ病気ノコドモアレバ
行ッテ看病シテヤリ
西ニツカレタ母アレバ
行ッテソノ稲ノ束ヲ負ヒ
南ニ死ニサウナ人アレバ
行ッテコハガラナクテモイ、トイヒ
北ニケンクヮヤソショウガアレバ
ツマラナイカラヤメロトイヒ
ヒデリノトキハナミダヲナガシ
サムサノナツハオロオロアルキ

ミンナニデクノボートヨバレ
ホメラレモセズ
クニモサレズ
サウイフモノニ
ワタシハナリタイ

永訣の朝

けふのうちに
とほくへいつてしまふわたくしのいもうとよ
みぞれがふつておもてはへんにあかるいのだ
　*（あめゆじゆとてちてけんじや）
うすあかくいつそう陰惨（いんざん）な雲から
みぞれはびちよびちよふつてくる
　（あめゆじゆとてちてけんじや）
青い蓴菜（じゆんさい）のもやうのついた
これらふたつのかけた陶椀（たうわん）に
おまへがたべるあめゆきをとらうとして
わたくしはまがつたてつぽうだまのやうに
このくらいみぞれのなかに飛びだした
　（あめゆじゆとてちてけんじや）
蒼鉛（さうえん）いろの暗い雲から
みぞれはびちよびちよ沈んでくる

ああとし子
死ぬといふいまごろになつて
わたくしをいつしやうあかるくするために
こんなさつぱりした雪のひとわんを
おまへはわたくしにたのんだのだ
ありがたうわたくしのけなげないもうとよ
わたくしもまつすぐにすすんでいくから
　（あめゆじゆとてちてけんじや）
はげしいはげしい熱やあえぎのあひだから
おまへはわたくしにたのんだのだ
　銀河や太陽　気圏などとよばれたせかいの
そらからおちた雪のさいごのひとわんを……
…ふたきれのみかげせきざいに
みぞれはさびしくたまつてゐる
わたくしはそのうへにあぶなくたち
雪と水とのまつしろな二相系（にさうけい）をたもち
すきとほるつめたい雫にみちた

このつややかな松のえだから
わたくしのやさしいいもうとの
さいごのたべものをもらつていかう
わたしたちがいつしよにそだつてきたあひだ
みなれたちやわんのこの藍のもやうにも
もうけふおまへはわかれてしまふ
*(Ora Orade Shitori egumo)
ほんたうにけふおまへはわかれてしまふ
あぁあのとざされた病室の
くらいびやうぶやかやのなかに
やさしくあをじろく燃えてゐる
わたくしのけなげないもうとよ
この雪はどこをえらばうにも
あんまりどこもまつしろなのだ
あんなおそろしいみだれたそらから
このうつくしい雪がきたのだ
　*(うまれでくるたて

こんどはこたにわりやのごとばかりで
　くるしまなあよにうまれてくる）
おまへがたべるこのふたわんのゆきに
わたくしはいまこころからいのる
どうかこれが天上のアイスクリームになつて
おまへとみんなとに聖（きよ）い資糧をもたらすやうに
わたくしのすべてのさいはひをかけてねがふ

松の針

さつきのみぞれをとつてきた
　あのきれいな松のえだだよ
おお　おまへはまるでとびつくやうに
そのみどりの葉にあつい頬（ほほ）をあてる
そんな植物性の青い針のなかに
はげしく頬を刺させることは
むさぼるやうにさへすることは
どんなにわたくしたちをおどろかすことか
そんなにまでもおまへは林へ行きたかつたのだ
おまへがあんなにねつに燃され
あせやいたみでもだえてゐるとき
わたくしは日のてるとこでたのしくはたらいたり
ほかのひとのことをかんがへながら森をあるいてゐた
　((あ*あいい　さつぱりした

　まるで林のながさ来たよだ》
鳥のやうに栗鼠（りす）のやうに
おまへは林をしたつてゐた
どんなにわたくしがうらやましかつたらう
ああけふのうちにとほくへさらうとするいもうとよ
ほんたうにおまへはひとりでいかうとするか
わたくしにいつしよに行けとたのんでくれ
泣いてわたくしにさう言つてくれ
　おまへの頬の　けれども
なんといふけふのうつくしさよ
わたくしは緑のかやのうへにも
この新鮮な松のえだをおかう
いまに雫もおちるだらうし
そら
さわやかな
terpentine（ターペンティン）の匂もするだらう

無声慟哭

こんなにみんなにみまもられながら
おまへはまだここでくるしまなければならないか
ああ巨きな信のちからからことさらにはなれ
また純粋やちいさな徳性のかずをうしなひ
わたくしが青ぐらい修羅をあるいてゐるとき
おまへはじぶんにさだめられたみちを
ひとりさびしく往かうとするか
信仰を一つにするたつたひとりのみちづれのわたくしが
あかるくつめたい精進（じやうしん）のみちからかなしくつかれてゐて
毒草や螢光菌のくらい野原をただよふとき
おまへはひとりどこへ行かうとするのだ
　*（おら　おかないふうしてらべ）
何といふあきらめたやうな悲痛なわらひやうをしながら
またわたくしのどんなちいさな表情も
けつして見遁さないやうにしながら

おまへはけなげに母に訊（き）くのだ
　（うんにや　ずゐぶん立派だぢやい
　　けふはほんとに立派だぢやい）

ほんたうにさうだ
髪だつていつさうくろいし
まるでこどもの苹果（りんご）の頬だ
どうかきれいな頬をして
あたらしく天にうまれてくれ
　《それでもからだくさえがべ？》＊
　《うんにや　いつかう》
ほんたうにそんなことはない
かへつてここはなつののはらの
ちいさな白い花の匂でいつぱいだから
ただわたくしはそれをいま言へないのだ
　（わたくしは修羅をあるいてゐるのだから）
わたくしのかなしさうな眼をしてゐるのは
わたくしのふたつのこころをみつめてゐるためだ

ああそんなに
かなしく眼をそらしてはいけない

註
＊あめゆきとつてきてください
＊あたしはあたしでひとりいきます
＊またひとにうまれてくるときは
こんなにじぶんのことばかりで
くるしまないやうにうまれてきます
＊ああいい　さつぱりした
まるではやしのなかにきたやうだ
＊あたしこわいふうをしてるでせう
＊それでもわるいにほひでせう

萩原朔太郎

猫

まつくろけの猫が二疋、
なやましいよるの家根のうへで、
ぴんとたてた尻尾のさきから、
糸のやうなみかづきがかすんでゐる。
『おわあ、こんばんは』
『おわあ、こんばんは』
『おぎやあ、おぎやあ、おぎやあ』
『おわああ、ここの家の主人は病気です』

はぎわら・さくたろう（一八八六―一九四二）
群馬県生まれ。一九一七年に処女詩集「月に吠える」を刊行。不安や孤独、憂愁といった感情を繊細に綴った。一九二三年には「青猫」「蝶を夢む」を刊行。口語自由詩による新しい世界を展開し、注目された。他に「純情小曲集」「氷島」など。

殺人事件

とほい空でぴすとるが鳴る。
またぴすとるが鳴る。
ああ私の探偵は玻璃（はり）の衣裳をきて、
こひびとの窓からしのびこむ、
床は晶玉、
ゆびとゆびとのあひだから、
まつさをの血がながれてゐる、
かなしい女の屍体（したい）のうへで、
つめたいきりぎりすが鳴いてゐる。

しもつき上旬（はじめ）のある朝、
探偵は玻璃の衣裳をきて、
街の十字巷路（よつつじ）を曲つた。
十字巷路に秋のふんすゐ。
はやひとり探偵はうれひをかんず。

みよ、遠いさびしい大理石の歩道を、
曲者(くせもの)はいつさんにすべつてゆく。

遺伝

人家は地面にへたばつて
おほきな蜘蛛（くも）のやうに眠つてゐる。
さびしいまつ暗（くら）な白然の中で
動物は恐れにふるへ
なにかの夢魔におびやかされ
かなしく青ざめて吠えてゐます。
　のをあある　とをあある　やわあ

もろこしの葉は風に吹かれて
さわさわと闇に鳴つてる。
お聴き！　しづかにして
道路の向うで吠えてゐる
あれは犬の遠吠（とほぼえ）だよ。
　のをあある　とをあある　やわあ

「犬は病んでゐるの？　お母あさん。」
「いいえ子供
犬は飢ゑてゐるのです。」
遠くの空の微光の方から
ふるへる物象のかげの方から
犬はかれらの敵を眺めた
遺伝の　本能の　ふるいふるい記憶のはてに
あはれな先祖のすがたをかんじた。

犬のこころは恐れに青ざめ
夜陰の道路にながく吠える。
　のをあある　とをあある　のをあある　やわああ

「犬は病んでゐるの？　お母あさん。」
「いいえ子供
犬は飢ゑてゐるのですよ。」

大砲を撃つ

わたしはびらびらした外套(ぐわいたう)をきて
草むらの中から大砲をひきだしてゐる。
なにを撃たうといふでもない
わたしのはらわたのなかに火薬をつめ
ひきがへるのやうにむつくりとふくれてゐよう。
さうしてほら貝みたいな瞳(め)だまをひらき
まつ青な顔をして
かうばうたる海や陸地をながめてゐるのさ。
この辺のやつらにつきあひもなく
どうせろくでもない貝肉のばけものぐらゐに見えるだらうよ。
のらくら息子のわたしの部屋には
春さきののどかな光もささず
陰鬱な寝床のなかにごろごろとねころんでゐる。
わたしをののしりわらふ世間のこゑごゑ
だれひとりきてなぐさめてくれるものもなく

やさしい婦人のうたごゑもきこえはしない。
それゆゑわたしの瞳(め)だまはますますひらいて
へんにとうめいなる硝子玉(がらすだま)になつてしまつた。
なにを喰(た)べようといふでもない
妄想のはらわたに火薬をつめこみ
さびしい野原に古ぼけた大砲をひきずりだして
どおぼん　どおぼんとうつてゐようよ。

島崎藤村

初恋

まだあげ初(そ)めし前髪(まへがみ)の
林檎のもとに見えしとき
前にさしたる花櫛(はなぐし)の
花ある君と思ひけり

やさしく白き手をのべて
林檎をわれにあたへしは
薄紅(うすくれなゐ)の秋の実(み)に

しまざき・とうそん（一八七二－一九四三）筑摩県馬籠村（現在の岐阜県中津川市）生まれ。英語教師として教鞭を執る傍ら、北村透谷らと「文學界」の創刊に携わる。一八九七年に処女詩集「若菜集」を刊行。浪漫派詩人として名声を得るが、後に創作の場を小説に移行する。小説の代表作に「破戒」「春」「夜明け前」など。

人こひ初(そ)めしはじめなり

わがこゝろなきためいきの
その髪の毛にかゝるとき
たのしき恋の盃(さかづき)を
君が情(なさけ)に酌みしかな

林檎畑の樹(こ)の下(した)に
おのづからなる細道は
誰(た)が踏みそめしかたみぞと
問ひたまふこそこひしけれ

47　島崎藤村

椰子の実

名も知らぬ遠き島より
流れ寄る椰子（やし）の実一つ

故郷の岸を離れて
汝（なれ）はそも波に幾月

旧（もと）の樹は生ひや茂れる
枝はなほ影をやなせる

われもまた渚（なぎさ）を枕
孤身（ひとりみ）の浮寝の旅ぞ

実をとりて胸にあつれば
新なり流離の憂

海の日の沈むを見れば
激り落つ異郷の涙

思ひやる八重の潮々
いづれの日にか国に帰らん

高村光太郎

たかむら・こうたろう（一八八三―一九五六）東京生まれ。彫刻家・高村光雲の長男で、自身も彫刻を学ぶ。その傍らで文学にも親しみ、一九一四年に処女詩集「道程」を刊行した。妻・智恵子との日々を描いた詩集「智恵子抄」は彼の代表作の一つに数えられる。他に詩集「典型」、美術評論「美について」、彫刻「手」など。

レモン哀歌

そんなにもあなたはレモンを待つてゐた
かなしく白くあかるい死の床で
わたしの手からとつた一つのレモンを
あなたのきれいな歯ががりりと噛んだ
トパアズいろの香気が立つ
その数滴の天のものなるレモンの汁は
ぱつとあなたの意識を止常にした
あなたの青く澄んだ眼がかすかに笑ふ

わたしの手を握るあなたの力の健康さよ
あなたの咽喉に嵐はあるが
かういふ命の瀬戸ぎはに
智恵子はもとの智恵子となり
生涯の愛を一瞬にかたむけた
それからひと時
昔山巓（さんてん）でしたやうな深呼吸を一つして
あなたの機関はそれなり止まつた
写真の前に插した桜の花かげに
すずしく光るレモンを今日も置かう

あなたはだんだんきれいになる

をんなが附属品をだんだん棄てると
どうしてこんなにきれいになるのか。
年で洗はれたあなたのからだは
無辺際を飛ぶ天の金属。
見えも外聞もてんで歯のたたない
中身ばかりの清冽な生きものが
生きて動いてさつさつと意慾する。
をんながをんなを取りもどすのは
かうした世紀の修業によるのか。
あなたが黙つて立つてゐると
まことに神の造りしものだ。
時時内心おどろくほど
あなたはだんだんきれいになる。

道程

僕の前に道はない
僕の後ろに道は出来る
ああ、自然よ
父よ
僕を一人立ちにさせた広大な父よ
僕から目を離さないで守る事をせよ
常に父の気魄を僕に充たせよ
この遠い道程のため
この遠い道程のため

ぼろぼろな駝鳥

何が面白くて駝鳥を飼ふのだ。
動物園の四坪半のぬかるみの中では、
脚が大股過ぎるぢやないか。
頸があんまり長過ぎるぢやないか。
雪の降る国にこれでは羽がぼろぼろ過ぎるぢやないか。
腹がへるから堅パンも食ふだらうが、
駝鳥の眼は遠くばかり見てゐるぢやないか。
身も世もない様に燃えてゐるぢやないか。
瑠璃色の風が今にも吹いて来るのを待ちかまへてゐるぢやないか。
あの小さな素朴な頭が無辺大の夢で逆まいてゐるぢやないか。
これはもう駝鳥ぢやないぢやないか。
人間よ、
もう止せ、こんな事は。

村山槐多

一本のガランス

ためらふな、恥ぢるな
まつすぐにゆけ
汝のガランスのチユーブをとつて
汝のパレツトに直角に突き出し
まつすぐにしぼれ
そのガランスをまつすぐに塗れ
生のみに活々と塗れ
一本のガランスをつくせよ

むらやま・かいた（一八九六―一九一九）神奈川県横浜市生まれ。失恋、放浪、貧困といった苦しい状況下で、積極的に洋画や詩作に取り組む。原色を用いた、強烈な印象を与える絵画を発表するも、一九一九年に二十二歳の若さで急逝。没後、友人らの手により詩集「槐多の歌へる」が刊行された。

55　村山槐多

空もガランスに塗れ
木もガランスに描け
草もガランスにかけ
□□をもガランスにて描き奉れ
神をもガランスにて描き奉れ
ためらふな、恥ぢるな
まつすぐにゆけ
汝の貧乏を
一本のガランスにて塗りかくせ。

死の遊び

死と私は遊ぶ様になつた
青ざめつ息はづませつ伏しまろびつつ
死と日もすがら遊びくるふ
美しい天の下に

私のおもちやは肺臓だ
私が大事にして居ると
死がそれをとり上げた
なかなかかへしてくれない

やつとかへしてくれたが
すつかりさけてぼたぼたと血が滴たる
憎(にく)らしい意地悪な死の仕業(しわざ)

それでもまだ死と私はあそぶ

私のおもちやを彼はまたとらうとする
憎らしいが仲よしの死が。

走る走る走る

走る走る走る
黄金(わうごん)の小僧ただ一人
入日の中を走る、走る走る
ぴかぴかとくらくらと
入日の中へとぶ様に走る走る
走れ小僧
金の小僧
走る走る走る
走れ金の小僧。

八木重吉

雲

くものある日
くもは　かなしい
くもの　ない日
そらは　さびしい

やぎ・じゅうきち（一八九八―一九二七）東京生まれ。二十一歳で洗礼を受け、以後敬虔なキリスト教徒として人生を送る。英語教師を務める傍ら詩作に励むが、結核を患い、二十九歳で急逝。生前刊行された詩集は「秋の瞳」のみで、没後「貧しき信徒」「神を呼ぼう」「定本八木重吉詩集」などが刊行された。

心よ

こころよ
では　いつておいで

しかし
また　もどつておいでね

やつぱり
ここが　いいのだに

こころよ
では　行つておいで

果物

秋になると
果物はなにもかも忘れてしまつて
うつとりと実のつてゆくらしい

金子みすゞ

わたしと小鳥とすずと

わたしが両手をひろげても、
お空はちっともとべないが、
とべる小鳥はわたしのように、
地面(じべた)をはやくは走れない。

わたしがからだをゆすっても、
きれいな音はでないけど、
あの鳴るすずはわたしのように

かねこ・みすず（一九〇三―一九三〇）山口県生まれ。早くから詩の才能を開花させ、西條八十から「若き童謡詩人の中の巨星」と賞賛されるも、自ら死を選び二十六歳でこの世を去る。没後しばらく作品が散逸していたが、一九八〇年代に入り全集が出版され、再び注目を集めた。代表作に「わたしと小鳥とすずと」「大漁」など。

たくさんなうたは知らないよ。

すずと、小鳥と、それからわたし、
みんならがって、みんないい。

大漁（たいりょう）

朝やけ小やけだ
大漁だ
大ばいわしの
大漁だ。

はまは祭りの
ようだけど
海のなかでは
何万の
いわしのとむらい
するだろう。

おかし

いたずらに一つかくした
弟のおかし。
たべるもんかと思ってて、
たべてしまった、
一つのおかし。
かあさんが二つッていったら、
どうしよう。

おいてみて
とってみてまたおいてみて、
それでも弟が来ないから、
たべてしまった、
二つめのおかし。

にがいおかし、
かなしいおかし。

こだまでしょうか

「遊(あす)ぼう」っていうと
「遊ぼう」っていう。

「ばか」っていうと
「ばか」っていう。

「もう遊ばない」っていうと
「遊ばない」っていう。

そうして、あとで
さみしくなって、

「ごめんね」っていうと
「ごめんね」っていう。

こだまでしょうか、
いいえ、だれでも。

山村暮鳥

風景
純銀もざいく

いちめんのなのはな
いちめんのなのはな
いちめんのなのはな
いちめんのなのはな
いちめんのなのはな
いちめんのなのはな
いちめんのなのはな

やまむら・ぼちょう（一八八四―一九二四）群馬県生まれ。十八歳でクリスチャンの洗礼を受ける。聖三一神学校を卒業後、秋田聖救主教会に伝道師として着任。一九一三年に詩集「三人の処女」を刊行、翌年には室生犀星、萩原朔太郎と人魚詩社を設立した。詩集「風は草木にささやいた」「雲」、童話集「ちるちる・みちる」など。

かすかなるむぎぶえ
いちめんのなのはな

いちめんのなのはな
いちめんのなのはな
いちめんのなのはな
いちめんのなのはな
いちめんのなのはな
いちめんのなのはな
いちめんのなのはな
ひばりのおしやべり
いちめんのなのはな

いちめんのなのはな
いちめんのなのはな
いちめんのなのはな
いちめんのなのはな

いちめんのなのはな
いちめんのなのはな
いちめんのなのはな
やめるはひるのつき
いちめんのなのはな。

雲

丘の上で
としよりと
こどもと
うつとりと雲を
ながめてゐる

おなじく

おうい雲よ
ゆうゆうと
馬鹿にのんきそうぢやないか
どこまでゆくんだ
ずつと盤城平(いはきたひら)の方までゆくんか

蜥蜴

五郎爺さんは死にました。
蜥蜴喰つて死にました。
しやぼん玉やが街にきて
おどけ拍子のうた唄ひ、
赤い喇叭を吹いた日に
血の嘔吐はいて死にました。
それでも禿げた黒塗の
椀と箸とは手離さず、
五郎爺さんは死にました。

それを子息の嫁がみて
面目なさに逃げました。
こんな時でも思ひだす
芝居狂ひの姑の
金の入歯と光る眼と、

なにはさておき女ゆゑ
髪掻きあげて帯しめて、
嫁は大きな七月(ななつき)の
お腹(なか)抱えて逃げました。

大関松三郎

山芋（やまいも）

しんくしてほった土の底から
大きな山芋をほじくりだす
でてくる　でてくる
でっこい山芋
でこでこと太った指のあいだに
しっかりと　土をにぎって
どっしりと　重たい山芋
おお　こうやって　もってみると

おおぜき・まつさぶろう（一九二六―一九四四）
新潟県生まれ。小学校時代、生活綴方運動に取り組んだ寒川道夫の指導のもと詩作を行う。小作農の家に生まれ育ち、農民の心や自然を描いた作品を多く残した。一九四四年に戦死。戦後、寒川の手により詩集「山芋」が刊行された。

どれもこれも　みんな百姓の手だ
土だらけで　まっくろけ
ふしくれだって　ひげもくじゃ
ぶきようでも　ちからのいっぱいこもった手
これは　まちがいない百姓の手だ
つぁつぁ*の手　そっくりの山芋だ
おれの手も　こんなになるのかなあ

*父おや。

虫けら

一くわ
どっしんとおろして　ひっくりかえした土の中から
もぞもぞと　いろんな虫けらがでてくる
土の中にかくれていて
あんきにくらしていた虫けらが
おれの一くわで　たちまち大さわぎだ
おまえは　くそ虫といわれ
おまえは　みみずといわれ
おまえは　へっこき虫といわれ
おまえは　げじげじといわれ
おまえは　ありごといわれ
おまえらは　虫けらといわれ
おれは　人間といわれ
おれは　百姓といわれ
おれは　くわをもって　土をたがやさねばならん

おれは　おまえたちのうちをこわさねばならん
おれは　おまえたちの　大将でもないし　敵でもないが
おれは　おまえたちを　けちらかしたり　ころしたりする
おれは　こまった
おれは　くわをたてて考える

だが虫けらよ
やっぱりおれは土をたがやさんばならんでや
おまえらを　けちらかしていかんばならんでや
なあ
虫けらや　虫けらや

くさむし

何だ　こいつめ
いいきもちになって
じぶんたちだけで　ひなたぼっこしているやつども

おれも　ひなたぼっこしようと思って
おっかかった木の根っかぶに
こっそり　だまって
ひなたぼっこしている　くさむしどもめ

だれかおれにさわったら
げえのでるほど　くっさいへいをひっかけるぞ
それで　だれも近づかん
いいきもちで
ひなたぼっこできる
そんなふうに　らくらくしているやつども

やいこら　くさむしめ
おれは　そんなやつは　大きらいだ
おまえのようなやつは　大きらいだ
それ　この指さきで　はじきとべ
やっ　やっ　やっ
もう一匹いるか
やっ

小熊秀雄

蹄鉄屋の歌

泣くな、
驚ろくな、
わが馬よ。
私は蹄鉄屋。
私はお前の蹄(ひづめ)から
生々しい煙をたてる、
私の仕事は残酷だろうか。
若い馬よ、

おぐま・ひでお（一九〇一—一九四〇）北海道生まれ。漁師手伝いや養鶏場の番人など職を転々とした後、旭川新聞の記者に就く。文才を買われ文芸欄に詩の連載も持った。後に上京してプロレタリア詩人会に入会。一九三五年「小熊秀雄詩集」「飛ぶ橇」を刊行、力強く自由奔放な作風で注目を浴びた。他に「流民詩集」など。

少年よ、
私はお前の爪に
真赤にやけた鉄の靴をはかせよう。
そしてわたしは働き歌をうたいながら、
――辛抱しておくれ、
　すぐその鉄は冷えて
お前の足のものになるだろう、
お前の爪の鎧になるだろう、
お前はもうどんな茨の上でも
石ころ路でも
　どんどんと駈け廻れるだろうと――、
私はお前を慰めながら
トッテンカンと蹄鉄うち。
ああ、わが馬よ、
友達よ、
私の歌をよっく耳傾けてきいてくれ。
私の歌はぞんざいだろう、

私の歌は甘くないだろう、
お前の苦痛に答えるために、
私の歌は
苦しみの歌だ。
焼けた蹄鉄を
お前の生きた爪に
当てがった瞬間の煙のようにも、
私の歌は
灰色に立ちあがる歌だ。
強くなってくれよ、
私の友よ、
青年よ、
私の赤い焔（ほのお）を
君の四つ足は受取れ、
そして君は、けわしい岩山を
その強い足をもって砕いてのぼれ、
トッテンカンの蹄鉄うち、

うたれるもの、うつもの、
お前と私とは兄弟だ、
共に同じ現実の苦しみにある。

白い夜

妹よ、まだお前は知っているかい
樺太の冬の夜のことを
青白い光が街を照していた夜のことを、
お前は、とつぜんむっくりと起きあがった、
そして寝床の上に坐った、
私や父や母の顔を
暫らくは凝然とみつめていた
母は私に言った
――ああまた始まったよ、
寝呆気ているのだよ、
お前、どこまで歩いてゆくか
後を尾けて行ってごらん
その時私は電灯の明るい光りの下で
少年世界を熱心に読んでいた、
私は雑誌を畳の上に伏せた、

それから母に言いつけられたように
妹よ、お前の夢遊病を尾けて行った、
戸外は昼のように明るかった、
どこにも月がでていなかった
それだのに地上の明るさは
地平線のかげから
まるで水銀のような光りがたちのぼり
小さな街中をまんべんなく明るくしていた
路は凍り、妹は下駄の音を
カラコロと陽気に立てながら
私の知らない
幸福なところへでも案内するように
私の先に立って歩いて行った、
街はひっそりと静まっていた、
ぽかんと開かれた妹の眼は
虚洞（うつろ）のように
何処かの一点を凝視し

足は全く反射的に交互に運びだされ
すこしも後をふりかえるということをしない
郵便局のある街角まできたとき
私はかなしみがこみあげてきた
私はもうたまらなくなって
――どうしたの
　眼を覚まさないの、
とはげしく妹の肩をどやしつけてやると
妹は、ハッと我れにかえって
――まあ、いやだわ
と私の体にひしとしがみついた
妹は自分の周囲を見まわし
一度にそこに立っている
自分と羞恥とを感じたのだろう
――おお寒い、寒い、
二人はこう言いながら
たがいに手をとりあって

どんどん韋駄天走りに家にかえった
母親は不気嫌であった、
そして父親は笑っていた、
妹よ、
あの白い夜のことを覚えているかい、
あの時、少女であったお前は
今はもう三人の子の母親になった、
きのう私が金を借りにいったら
お前は瞬間しぶい顔をしたが、
金を借してしまうと
もとのなつかしい顔にかえった
私が玄関で靴を履いているのと
お前は傍に坐って
いかにも改まったような口調でこういった
——兄さん
　どうして貴方は
　　社会主義者になどなったのよ、

わたし、何にも訳がわからないから
廃せとは言わないけれど——
あんまり、警察なんかにいって
　体をこわさないようにしてね、
私はフッと笑いながら
——どうしてなったのかな
と空うそぶいた、
妹は戸棚から菓子を出してきて
紙に包んで手渡した、
妹よ、お前は私の歳が
いくつだか知っているかい
妹よ、お前はまだ
白い夜にたがいに手をとって
駈けだして帰ったころの
小さな兄妹のように思っているのだろう
心配するな妹よ、
お前は社会主義の

『社』の字も知らなくても
お前はしあわせに
亭主に仕えて子供を育てていたらいい
お前は何時までも
寒い白い夜のことを忘れてくれるな。

室生犀星

小景異情

その一

白魚はさびしや
そのくろき瞳はなんといふ
なんといふしほらしさぞよ
そとにひる餉(げ)をしたたむる
わがよそよそしさと
かなしさと

むろお・さいせい（一八八九―一九六二）石川県生まれ。高等小学校中退後、裁判所で給仕として働く傍ら俳句や詩を作り始める。一九一六年、萩原朔太郎と「感情」を創刊。一九一八年、詩集「愛の詩集」「抒情小曲集」を刊行、以降は創作の場を小説に移した。小説に「幼年時代」「性に目覚める頃」「杏っ子」など。

ききともなやな雀しば啼けり

その二

ふるさとは遠きにありて思ふもの
そして悲しくうたふもの
よしや
うらぶれて異土の乞食（かたい）となるとても
帰るところにあるまじや
ひとり都のゆふぐれに
ふるさとおもひ涙ぐむ
そのこころもて
遠きみやこにかへらばや
遠きみやこにかへらばや

その三

銀の時計をうしなへる
こころかなしや
ちよろちよろ川の橋の上
橋にもたれて泣いてをり

その四

わが靈のなかより
緑もえいで
なにごとしなけれど
懺悔の涙せきあぐる
しづかに土を掘りいでて
ざんげの涙せきあぐる

その五

なにごがれて書くうたぞ

一時にひらくうめすもも
すもものの蒼さ身にあびて
田舎暮しのやすらかさ
けふも母ぢやに叱られて
すもものしたに身をよせぬ

その六

あんずよ
花着け
地ぞ早やに輝やけ
あんずよ花着け
あんずよ燃えよ
ああ　あんずよ花着け

遊離

ひさしぶりで街へでて見たくなつた
家のものをさそうて
ぴつたり戸締りをして
みんな電燈を消してでかけた
家のなかは暗く陰氣になつてみへた
そとへ出て一度ふりかへつて
あんなに家を暗くしておかなければよかつたと思ひ
うちの道具るゐが冷たくなつたやうで
變に可哀想な氣がした

街はにぎやかだつた
喫茶店へも寄り
すこしばかりの買ひものもし
暗い停車場でおりて歩きにくい道をあるき
うちの前へかへつてくると

どこかの貸家のやうに寒さうに見へた
ガタガタした戸をあけると
妙にその音がひびいて淋しかつた
いきなり一つづの室にみな電燈を點した
室はみな息をふき返して生きかへつた
あるべきものはあるところにあり
べつに何のかはりもない
しかしすぐに座ることのできないやうな氣がした
もの珍らしさうな氣がするのだ

井伏鱒二

なだれ

峯の雪が裂け
雪がなだれる
そのなだれに
熊が乗つてゐる
あぐらをかき
安閑と
莨をすふやうな恰好で
そこに一ぴき熊がゐる

いぶせ・ますじ（一八九八—一九九三）広島県生まれ。本名・満寿二。早大中退。一九二九年、小説「山椒魚」で文壇デビュー。一九三八年「ジョン万次郎漂流記」で直木賞、一九六六年「黒い雨」で野間文芸賞など受賞多数。ユーモアに溢れた作風で知られる。他に「本日休診」「厄除け詩集」「駅前旅館」など。

つくだ煮の小魚

ある日　雨の晴れまに
竹の皮に包んだつくだ煮が
水たまりにこぼれ落ちた
つくだ煮の小魚達は
その一ぴき一ぴきを見てみれば
目を大きく見開いて
環になつて互にからみあつてゐる
鰭も尻尾も折れてゐない
顎の呼吸（こきふ）するところには　色つやさへある
そして　水たまりの底に放たれたが
あめ色の小魚達は
互に生きて返らなんだ

古別離

孟郊

欲別牽郎衣
郎今到何処
不恨帰来遅
莫向臨邛去

ワカレニクサニソデヒキトメテ
オマヘコレカライヅクヘユキヤル
カヘリノオソイヲ恨ミハセヌガ
ヨシハラヘンガ気ニカカル

勧酒　于武陵

勧君金屈巵
満酌不須辞
花発多風雨
人生足別離

コノサカヅキヲ受ケテクレ
ドウゾナミナミツガシテオクレ
ハナニアラシノタトヘモアルゾ
「サヨナラ」ダケガ人生ダ

佐藤春夫

病

うまれし国を恥づること。
古びし恋をなげくこと。
否定をいたくこのむこと。
あまりにわれを知れること。
盃（さかづき）とれば酔（ゑひ）ざめの
悲しさをまづ思ふこと。

さとう・はるお（一八九二―一九六四）和歌山県生まれ。早くから「スバル」「三田文学」に詩を発表。一九一九年に小説「田園の憂鬱」を発表し、古風で叙情的な作風が注目を集めた。他に詩集「殉情詩集」「佐藤春夫詩集」など。門人が多いことでも知られ、太宰治、井伏鱒二、檀一雄など多くの作家が彼を師と仰いだ。

秋刀魚(さんま)の歌

あはれ
秋かぜよ
情(こころ)あらば伝へてよ
――男(をとこ)ありて
今日(けふ)の夕餉(ゆふげ)に　ひとり
さんまを食(くら)ひて
思ひにふける　と。

さんま、さんま、
そが上に青き蜜柑(みかん)の酸(す)をしたたらせて
さんまを食(く)ふはその男がふる里(さと)のならひなり。
そのならひをあやしみなつかしみて　女(をんな)は
いくたびか青き蜜柑をもぎて夕餉(ゆふげ)にむかひけむ。
あはれ、人に捨てられんとする人妻(ひとづま)と
妻にそむかれたる男と食卓(しょくたく)にむかへば、

愛うすき父（ちち）を持ちし女の児（こ）は
小（ちひ）さき箸（はし）をあやつりなやみつつ
父ならぬ男にさんまの腸（わた）をくれむと言ふにあらずや。

あはれ
秋かぜよ
汝（なれ）こそは見つらめ
世のつねならぬかの団欒（まどゐ）を。
いかに
秋かぜよ
いとせめて
証（あかし）せよ、かの一（ひと）ときの団欒（まどゐ）ゆめに非（あら）ず　と。

あはれ
秋かぜよ
情（こころ）あらば伝へてよ、
夫（をつと）に去られざりし妻（つま）と

父(ちち)を失(うしな)はざりし幼児(をさなご)とに
伝へてよ
――男ありて
今日(けふ)の夕餉(ゆふげ)に　ひとり
さんまを食(くら)ひて
涙をながす　と。

さんま、さんま、
さんま苦(にが)いか塩(しよ)つぱいか
そが上に熱き涙をしたたらせて
さんまを食(く)ふはいづこの里(さと)のならひぞや。
あはれ
げにそは問(と)はまほしくをかし。

海の若者

若者は海で生(うま)れた。
風を孕(はら)んだ帆(ほ)の乳房(ちぶさ)で育つた。
すばらしく巨(おほき)くなつた。
或(あ)る日　海へ出て
彼は　もう　帰らない。
もしかするとあのどつしりした足どりで
海へ大股(おほまた)に歩(あゆ)み込んだのだ。
とり残された者どもは
泣いて小(ちひ)さな墓をたてた。

田中冬二

青い夜道

いつぱいの星だ
くらい夜みちは
星雲の中へでもはひりさうだ
とほい村は
青いあられ酒を　あびてゐる

ぼむ　ぼうむ　ぼむ

たなか・ふゆじ（一八九四―一九八〇）福島県生まれ。中学時代に文学に目覚め、卒業後は銀行で働きながら詩作に励む。一九二九年、第一詩集『青い夜道』を刊行。故郷の自然や伝統に根ざした作風で注目を浴びた。「晩春の日に」で高村光太郎賞受賞。日本現代詩人会の会長も務めた。

町で修繕（なほ）した時計を
風呂敷包に背負つた少年がゆく
ぼむ　ぼむ　ぼうむ　ぼむ……

少年は生きものを　背負つてゐるやうにさびしい
ぼむ　ぼむ　ぼむ　ぼうむ……

ねむくなつた星が
水気を孕（はら）んで下りてくる
あんまり星が　たくさんなので
白い穀倉（こくぐら）のある村への路を迷ひさうだ

くずの花

ぢぢいと　ばばあが
だまつて　湯にはひつてゐる
山の湯のくずの花
山の湯のくずの花

黒薙温泉

熊の子

熊の湯の温泉宿では熊の子を飼つてゐました
熊の子は生れて未だ百日位　まるまるとして可愛く
山羊の乳のかかつたお粥（かゆ）をたべてゐました
私は食膳にのこりのトマトをやりました
熊の子はあの国境の開墾地で捕れたのです
熊の子は鉄砲で撃たれた母熊のまはりをぐるぐる廻つてゐました

熊の湯の佐藤さん
秋になつたら熊の大好物の山葡萄を沢山やつて下さい

三好達治

みよし・たつじ（一九〇〇―一九六四）大阪市生まれ。東大仏文科卒。一九三〇年に処女詩集「測量船」を刊行。抒情的かつ格調高い作風で注目された。その後も「南窗集」「閒花集」「山果集」と定期的に詩集を刊行。一九五三年「駱駝の瘤にまたがつて」で芸術院賞、一九六二年「定本三好達治全詩集」で読売文学賞受賞。

雪

太郎を眠らせ、太郎の屋根に雪ふりつむ。
次郎を眠らせ、次郎の屋根に雪ふりつむ。

大阿蘇

雨の中に馬がたつてゐる
一頭二頭仔馬(こうま)をまじへた馬の群れが　雨の中にたつてゐる
雨は蕭々(せうせう)と降つてゐる
馬は草をたべてゐる
尻尾も背中も鬣(たてがみ)も　ぐつしよりと濡れそぼつて
彼らは草をたべてゐる
草をたべてゐる
あるものはまた草もたべずに　きよとんとしてうなじを垂れてたつてゐる
雨は降つてゐる　蕭々と降つてゐる
山は煙をあげてゐる
中嶽(なかだけ)の頂きから　うすら黄(き)ろい　重つ苦しい噴煙が濛々(もうもう)とあがつてゐる
空いちめんの雨雲と
やがてそれはけぢめもなしにつづいてゐる
馬は草をたべてゐる
艸千里浜(くさせんりはま)のとある丘の

雨に洗はれた青草を　彼らはいつしんにたべてゐる
たべてゐる
彼らはそこにみんな静かにたつてゐる
ぐつしよりと雨に濡れて　いつまでもひとつところに　彼らは静かに集つてゐる
もし百年が　この一瞬の間にたつたとしても　何の不思議もないだらう
雨が降つてゐる　雨が降つてゐる
雨は蕭々と降つてゐる

祖母

祖母は螢(ほたる)をかきあつめて
桃の実のやうに合せた掌(て)の中から
沢山な螢をくれるのだ

祖母は月光をかきあつめて
桃の実のやうに合せた掌の中から
沢山な月光をくれるのだ

金子光晴

かねこ・みつはる（一八九五―一九七五）愛知県生まれ。早大、東京美校、慶大いずれも中退。二年の欧州滞在から帰国後、「こがね虫」を刊行、絢爛な作風が注目された。その後も海外放浪と執筆を繰り返すが、作風は反骨的なものへと変化した。詩集に「鮫」「落下傘」「IL」など。一九五三年「人間の悲劇」で読売文学賞受賞。

おつとせい

一

そのいきの臭えこと。
くちからむんと蒸れる。

そのせなかがぬれて、はか穴のふちのやうにぬらぬらしてること。
虚無（ニヒル）をおぼえるほどいやらしい、
おお、憂愁よ。

そのからだの土嚢のやうな
づづぐろいおもさ。かつたるさ。
いん気な弾力。
かなしいゴム

そのこころのおもひあがつてること。
凡庸なこと。

菊面（あばた）。
おほきな陰嚢（ふぐり）。

鼻先があをくなるほどなまぐさい、やつらの群集におされつつ、いつも、
おいらは、反対の方角をおもつてゐた。

やつらがむらがる雲のやうに横行し
もみあふ街が、おいらには、

ふるぼけた映画（フィルム）でみる、
アラスカのやうに淋しかつた。

二

そいつら。俗衆といふやつら。

ヴォルテールを国外に追ひ、フーゴー・グロチウスを獄にたたきこんだのは、
やつらなのだ。
バタビアから、リスボンまで、地球を、芥垢（ほこり）と、饒舌（おしやべり）で
かきまはしてゐるのもやつらなのだ。
嚔（くさめ）をするやつ。髯のあひだから歯くそをとばすやつ。かみころすあくび、きど
つた身振り、しきたりをやぶつたものには、おそれ、ゆびさし、むほん人だ、
狂人（きちがひ）だとさけんで、がやがやあつまるやつ。そいつら。そいつらは互ひに
夫婦（めうと）だ。権妻だ。やつらの根性まで相続（うけつ）ぐ悴どもだ。うすぎたねえ血のひき

だ。あるひは朋党だ。そのまたつながりだ。そして、かぎりもしれぬむすびあひの、からだとからだの障壁が、海流をせきとめるやうにみえた。

おしながされた海に、霙のやうな陽がふり濺いだ。
やつらのみあげるそらの無限にそうていつも、金網(かなあみ)があつた。

……………けふはやつらの婚姻の祝ひ。
きのふはやつらの旗日だつた。
ひねもす、ぬかるみのなかで、砕氷船が氷をたたくのをきいた。

のべつにおじぎをしたり、ひれとひれとをすりあはせ、どうたいを樽のやうにころがしたり、そのいやらしさ、空虚(むな)しさばつかりで雑閙しながらやつらは、みるまに放尿の泡(あわ)で、海水をにごしていつた。

たがひの体温でぬくめあふ、零落のむれをはなれる寒さをいとうて、やつらはいたはりあふめつきをもとめ、かぼそい声でよびかはした。

三

おお、やつらは、どいつも、こいつも、まよなかの街よりくらい、やつらをのせたこの氷塊が、たちまち、さけびもなくわれ、深潭のうへをしづかに辷りはじめるのを、すこしも気づかずにゐた。
みだりがましい尾をひらいてよちよちと、
やつらは氷上を匐ひまはり、
……………文学などを語りあつた。

うらがなしい暮色よ！
凍傷(しもやけ)にたゞれた落日の掛軸よ！

だんだら縞のながい影を曳き、みわたすかぎり頭をそろへて、拝礼してゐる奴らの群衆のなかで、
侮蔑しきつたそぶりで、
ただひとり、
反対をむいてすましてるやつ。

おいら。
おつとせいのきらひなおつとせい。
だが、やつぱりおつとせいはおつとせいで
ただ
「むかうむきになつてる
おつとせい」

くらげの唄（抄）

ゆられ、ゆられ
もまれもまれて
そのうちに、僕は
こんなに透きとほつてきた。

だが、ゆられるのは、らくなことではないよ。

外からも透いてみえるだろ。ほら。
僕の消化器のなかには
毛の禿びた歯刷子が一本、
それに、黄ろい水が少量。

心なんてきたならしいものは
あるもんかい。いまごろまで。
はらわたもろとも

波がさらっていった。

僕？　僕とはね、
からっぽのことなのさ。
からっぽが波にゆられ、
また、波にゆりかへされ。

しをれたかとおもふと、
ふぢむらさきにひらき、
夜は、夜で
ランプをともし。

いや、ゆられてゐるのは、ほんとうは
からだを失くしたこころだけなんだ。
こころをつつんでゐた
うすいオブラートなのだ。

いやいや、こんなにからっぽになるまで
ゆられ、ゆられ
もまれ、もまれた苦しさの
疲れの影にすぎないのだ！

高橋新吉

雨

雨は地面に寝転んでゐた。
雨は急いで天から落ちて来たんだが。
地面には何も用事はなかつた。
雨は頭が痛いので、目を瞑つて休んでゐた。
雨は頭を上げる事が出来なかつた。
今更土と砂の地面で何うする事も出来なかつた。
雨は失望したのだ。

たかはし・しんきち（一九〇一―一九八七）愛媛県生まれ。一九二三年に刊行された「ダダイスト新吉の詩」では、あらゆる既成概念の否定、破壊を打ち出し、日本におけるダダイスム詩人の先駆けとなる。その後は禅に傾倒し、作品にも仏教の世界観が色濃く表れるようになった。他著作に「戯言集」「胴体」「雀」「空洞」など。

雨は女の髪のやうに長く降りつゞけた。
後から〳〵地面に落ちて来た。
そして玉となつて硝子工場のやうに光つてゐた。
それから闇の中で女の笑ひ声がした。
雨は何うすれば好いのだ。地面を流れるより仕方がなかつた。
草も家もない。莨も人間も無い。
地面の上を匍ひつゞけた。
雨は自動車に乗つた。
自動車の中で女が奇妙な手つきをして抱かれてゐた。
雨はラヂオのアンテナの上を走つた。
雨は近眼鏡を曇らした。
雨は自殺した。
道の上を馬に乗つて、槍を提げた男が駆けて来た。
それは細い霧のやうな雨であつた。
雨はどこにも居なかつた。
雨は地面に拡がつた。
雨は銀行の屋根の上の草に宿つた。

雨は失意した。
それから雨は怠惰なマルキシストになつた。
雨は飛行機の翼に突撃した。
雨は噴火口に飛び込んだ。
雨は蛇ノ目の傘を叩いた。
雨は蝙蝠傘の男の全身を憂悒で包んだ。
雨はプラット・ホームを寂寞で濡らした。
女は裸になると、淫らな邪悪な空想を欲しいまゝにしてゐた。
雨は空腹であつた。
雨は汽車に乗つて数世紀を乗り過した。
雨は気が狂つた。
雨は中々死なゝかつた。のた打ち廻つてゐた。
それから地面に吸ひ込まれたので、姿が見えなくなつた。

21　一九二一年集

皿皿皿皿皿皿皿皿皿皿皿皿皿皿皿皿皿皿皿皿皿皿皿皿皿皿皿
倦怠
　額に蚯蚓這ふ情熱
白米色のエプロンで
皿を拭くな
鼻の巣の黒い女
其処にも諧謔が燻すぶつてゐる
　人生を水に溶かせ
　冷めたシチユーの鍋に
退屈が浮く
　皿を割れ
　皿を割れば
倦怠の響が出る。

るす

留守と言へ
ここには誰れも居らぬと言へ
五億年経つたら帰つて来る

丸山　薫

路上で

犬は行きずりに立ち止つた
そのまま坐つて　己（おれ）を見上げた
泥の撥ねて浸みた蹠（あし）よ
なんと単純な景色しか
かれの瞳に映つてゐないのだらう
ごみごみと無際涯な世界の中の
たつたひと刷きの光を浴びた電信柱と
その下に傾く小さな家と

まるやま・かおる（一八九九―一九七四）大分県生まれ。一九三二年に処女詩集「帆・ランプ・鷗」を刊行。一九三四年に堀辰雄、三好達治と詩誌「四季」を創刊する。東京高等商船に進学（後に中退）するなど海への憧れが強く、詩作品にもその思いが表れている。京大卒、東大中退。詩集は他に「鶴の葬式」「幼年」「物象詩集」「北国」など。

軒端に立つ己の姿との
かれが凝としてゐるので
己も動かずにゐて
隈なくその瞳を看取つてしまつた
不意に　己は堪へがたく泣きさうになつた
犬の哀れさにではなく
己の孤独にだ

弔歌

柩に花びらを撒かう。
花びらを砂の蓋でかくさう。
蓋に泪の針を打たう。

らいおん

「妾の希望はただ一つ
　どうぞこの児が大人(おとな)になつたら
あのらいおんのやうに強くなりますやうに」
「ぼくの希望(ねがひ)はたつた一つ
　カステラのやうに肥つたこのお母さんを
歯のつよいあのらいおんに喰はしてやりたい」

村野四郎

秋の日

秋もおわりの草むらで
へんな昆虫をみつけた
よく見ると
どこか人間の顔をしていた

そっと近づいて
押えようとすると
それは　はげしく私の手を噛んだ

むらの・しろう（一九〇一—一九七五）東京生まれ。新即物主義の影響を受け、視覚的な作品を綴った。一九三九年刊行の「体操詩集」では写真と詩を組み合わせた斬新さが注目を浴びる。他の詩集に「罠」「抒情飛行」「亡羊記」など。童謡「ぶんぶんぶん」「巣立ちの歌」の作詞でも知られる。

一瞬そいつは
とび立った
そのときの幻影は
サラトザウルスのように巨大にみえたが

すぐそばの
たかい　たかい取疣(いぼた)の樹に逃げのびて
そいつは　そこで
悲しそうに啼いた
うすい翅に　血をつけたまま

鹿

鹿は　森のはずれの
夕日の中に　じっと立っていた
彼は知っていた
小さい額が狙われているのを
けれども　彼に
どうすることが出来ただろう
彼は　すんなり立って
村の方を見ていた
生きる時間が黄金のように光る
彼の棲家である
大きい森の夜を背景にして

花を持った人

くらい鉄の塀が
何処までもつづいていたが
ひとところ狭い空隙（すきま）があいていた
そこから　誰か
出て行ったやつがあるらしい

そのあたりに
たくさん花がこぼれている

草野心平

くさの・しんぺい（一九〇三—一九八八）福島県生まれ。中国の嶺南大学留学。在学中に詩誌「銅鑼」を創刊する。一九二八年、詩集「第百階級」を刊行。行末ごとに句点を打つ、独特の擬声語を用いるなど、唯一無二の作風を展開した。宮沢賢治や八木重吉を世に紹介した人物としても知られる。他に詩集「蛙」「富士山」など。

ごびらっふの独白

るてえる　びる　もれとりり　がいく。
ぐう　であとびん　むはありんく　るてえる。
けえる　さみんだ　げらげれんで。
くろおむ　てやらあ　ろん　るるむ　かみ　う　りりうむ。
なみかんた　りんり。
なみかんたい　りんり　もろうふ　ける　げんけ　しらすてえる。
けるぱ　うりりる　うりりる　びる　るてえる。
きり　ろうふ　ぷりりん　びる　けんせりあ。

じゆろうで　いろあ　ぼらあむ　でる　あんぶりりよ。
ぷう　せりを　てる。
りりん　てる。
ぼろびいろ　てる。
ぐう　しありる　う　ぐらびら　とれも　でる　ぐりせりや　ろとうる　ける
ありたぶりあ。
ぷう　かんせりて　る　りりかんだ　う　きんきたんげ。
ぐうら　しありるだ　けんた　るてえる　とれかんだ。
いい　げるせいた。
でるけ　ぷりむ　かににん　りんり。
おりぢぐらん　う　ぐうて　たんたけえる。
びる　さりを　とうかんてりを。
いい　びりやん　げるせえた。
ばらあら　ばらあ。

日本語訳

幸福といふものはたわいなくつていいものだ。
おれはいま土のなかの靄のやうな幸福につつまれてゐる。
地上の夏の大歓喜の。
夜ひる眠らない馬力のはてに暗闇のなかの世界がくる。
みんな孤独で。
みんなの孤独が通じあふたしかな存在をほのぼの意識し。
うつらうつらの日をすごすことは幸福である。
この設計は神に通ずるわれわれの。
侏羅紀の先祖がやつてくれた。
考へることをしないこと。
素直なこと。
夢をみること。
地上の動物のなかで最も永い歴史をわれわれがもつてゐるといふことは
平凡ではあるが偉大である。
とおれは思ふ。
悲劇とか痛憤とかそんな道程のことではない。
われわれはただたわいない幸福をこそうれしいとする。

ああ虹が。
おれの孤独に虹がみえる。
おれの単簡な脳の組織は。
言はば即ち天である。
美しい虹だ。
ばらあら　ばらあ。

秋の夜の会話

さむいね。
ああさむいね。
虫がないてるね。
ああ虫がないてるね。
もうすぐ土の中だね。
土の中はいやだね。
痩せたね。
君もずゐぶん痩せたね。
どこがこんなに切ないんだらうね。
腹だらうかね。
腹とつたら死ぬだらうね。
死にたかあないね。
さむいね。
ああ虫がないてるね。

誕生日

世界の歴史のなかで。
〇〇〇〇〇〇〇〇〇・一ミリにも足りない。
自分の歴史。

けれども夜昼空気を吸ひつづけた。
二万七千七百四十日。
そのはての。
七十六。

独眼。
遠耳。

どこかで。
春雷の。
気配がする。

高見　順

ぼくの笛

烈風に
食道が吹きちぎられた
気管支が笛になって
ピューピューーと鳴って
ぼくを慰めてくれた
それがだんだんじょうすになって
ピューヒョロヒョロとおどけて
かえってぼくを寂しがらせる

たかみ・じゅん（一九〇七―一九六五）福井県生まれ。東大英文科卒。一九三五年、小説「故旧忘れ得べき」で文壇に登場。同作は芥川賞候補に挙げられた。小説は他に「如何なる星の下に」「いやな感じ」など。詩集に「樹木派」「わが埋葬」「死の淵より」などがある。日本近代文学館の創設にも尽力した。

魂よ

魂よ
この際だからほんとのことを言うが
おまえより食道のほうが
私にとってはずっと貴重だったのだ
食道が失われた今それがはっきり分った
今だったらどっちかを選べと言われたら
おまえ　魂を売り渡していたろう
第一　魂のほうがこの世間では高く売れる
食道はこっちから金をつけて人手に渡した
魂よ
生は爆発する火山の熔岩のごとくであれ
おまえはかねて私にそう言っていた
感動した私はおまえのその言葉にしたがった
おまえの言葉を今でも私は間違いだとは思わないが
あるときほんとの熔岩の噴出にぶつかったら

おまえはすでに冷たく凝固した熔岩の
安全なすきまにその身を隠して
私がいくら呼んでも出てこなかった
私はひどい火傷(やけど)を負った
おまえは私を助けに来てはくれなかった
幾度かそうした眼に私は会ったものだ

魂よ
わが食道はおまえのように私を苦しめはしなかった
私の言うことに黙ってしたがってきた
おまえのようなやり方で私をあざむきはしなかった
卑怯とも違うがおまえは言うこととすることとが違うのだ
それを指摘するとおまえは肉体と違って魂は
言うことがすなわち行為なのであって
矛盾は元来ないのだとうまいことを言う
そう言うおまえは食道がガンになっても
ガンからも元来まぬかれている
魂とは全く結構な身分だ

食道は私を忠実に養ってくれたが
おまえは口さきで生命を云々するだけだった
魂よ
おまえの言葉より食道の行為のほうが私には貴重なのだ
口さきばかりの魂をひとつひっとらえて
行為だけの世界に連れて来たい
そして魂をガンにして苦しめてやりたい
そのとき口の達者な魂ははたしてなんと言うだろう

青春の健在

電車が川崎駅にとまる
さわやかな朝の光のふりそそぐホームに
電車からどっと客が降りる
十月の
朝のラッシュアワー
ほかのホームも
ここで降りて学校へ行く中学生や
職場へ出勤する人々でいっぱいだ
むんむんと活気にあふれている
私はこのまま乗って行って病院にはいるのだ
ホームを急ぐ中学生たちはかつての私のように
昔ながらのかばんを肩からかけている
私の中学時代を見るおもいだ
私はこの川崎のコロムビア工場に
学校を出たてに一時つとめたことがある

私の若い日の姿がなつかしくよみがえる
ホームを行く眠そうな青年たちよ
君らはかつての私だ
私の青春そのままの若者たちよ
私の青春がいまホームにあふれているのだ
私は君らに手をさしのべて握手したくなった
なつかしさだけではない
遅刻すまいとブリッジを駆けのぼって行く
若い労働者たちよ
さようなら
君たちともう二度と会えないだろう
私は病院へガンの手術を受けに行くのだ
こうした朝　君たちに会えたことはうれしい
見知らぬ君たちだが
君たちが元気なのがとてもうれしい
青春はいつも健在なのだ
さようなら

もう発車だ　死へともう出発だ
さようなら
青春よ
青春はいつも元気だ
さようなら
私の青春よ

中野重治

豪傑

むかし豪傑というものがいた
彼は書物をよみ
嘘をつかず
みなりを気にせず
わざをみがくために飯を食わなかつた
うしろ指をさされると腹を切つた
恥かしい心が生じると腹を切つた
かいしやくは友達にしてもらつた

なかの・しげはる（一九〇二―一九七九）福井県生まれ。東大独文科卒。在学中に堀辰雄らと「驢馬」を創刊、その一方でプロレタリア文学運動に参加した。一九三一年に日本共産党に入党するが後に除名。一九六九年「甲乙丙丁」で野間文芸賞受賞。他に小説「歌のわかれ」、詩集「中野重治詩集」、評論「斎藤茂吉ノオト」など。

彼は銭をためるかわりにためなかつた
つらいというかわりに敵を殺した
恩を感じると胸のなかにたたんでおいて
あとでその人のために敵を殺した
いくらでも殺した
それからおのれも死んだ
生きのびたものはみな白髪になつた
白髪はまつ白であつた
しわがふかく眉毛がながく
そして声がまだ遠くまで聞えた
彼は心を鍛えるために自分の心臓をふいごにした
そして種族の重いひき臼をしずかにまわした
重いひき臼をしずかにまわし
そしてやがて死んだ
そして人は　死んだ豪傑を　天の星から見わけることができなかつた

歌

おまえは歌うな
おまえは赤ままの花やとんぼの羽根を歌うな
風のささやきや女の髪の毛の匂いを歌うな
すべてのひよわなもの
すべてのうそうそとしたもの
すべてのものうげなものを撥(はじ)き去れ
すべての風情(ふぜい)を擯斥(ひんせき)せよ
もつぱら正直のところを
腹の足(た)しになるところを
胸さきを突きあげてくるぎりぎりのところを歌え
たたかれることによつて弾(は)ねかえる歌を
恥辱の底から勇気を汲みくる歌を
それらの歌々を
咽喉(のど)をふくらまして厳しい韻律に歌いあげよ
それらの歌々を
行く行く人びとの胸郭にたたきこめ

坂本　遼

春

おかんはたつた一人
峠田のてッぺんで鍬にもたれ
大きな空に
小ちやいからだを
ぴよつくり浮かして
空いつぱいになく雲雀の声を
ぢつと聞いてゐるやろで

さかもと・りょう（一九〇四―一九七〇）兵庫県生まれ。草野心平による「銅鑼」同人。一九二七年に刊行した詩集「たんぽぽ」では、郷里・播磨地方の方言を用いて農民の姿を描いた。戦後は児童詩や綴り方の運動にも尽力、長きにわたって児童誌「きりん」の編集に携わった。

里の方で牛がないたら
ぢつと余韻（ひびき）に耳をかたむけてゐるやろで

大きい　美しい
春がまはつてくるたんびに
おかんの年がよるのが
目に見えるやうで　かなしい
おかんがみたい

おかんの死

ながいあいだ湿布したので
おかんのねてをる床がくさつてしまひ
ある朝おきてみたら
おかんのからだは斜になつて
頭は畳といつしよにおちこんでゐた
それでせんべのようなふとんをひつぱつて
納戸のすみへもつていつた
（その時のことをおもうとおら涙がでる）
それは十一月終りの寒い頃で
まい日そとはひどいみぞれが吹いてゐた

ある日はおかんのふとんへ
雨もりがしてくるのであつた
それからまたほかの方へかへてやつたが
どこからともなく吹雪がまひ込んできたりした

おかんのそばにねて
おらのからだのぬくみをおくつてやりながら
二人はだまつて泣いたことがある

一日　二日　三日　四日
だんだんとおかんは弱つていつた
お医者がどうしてもあかんといふた日から
まい晩おらはおかんの手をにぎつてねた
脈がいつとまつてしまふかも分らんから
やせたかたい手をにぎりながら
この手がつめたくなつてしまはないかしらんと
幾度おもつてかすかな眠りにおちていたことか
ながい間働き通しであつたから
おらが一人前になるまでとおもうて
働き通しであつたから
そのてのひらは肉刺(たこ)だらけやつた
そのざらざらしたのにさはつてみて

涙がにじむのを覚えたこともあつた

おかんはチブスで死んだのやから
村の人にも助けてもらはずに
おららだけで墓へ持つていつた
薄くつもつた雪をのりて
土をきせた
それから雪のふつてゐる中を家へかへつた
おつるが死んだのも冬やつた
おかんもまた冬死んでいつた

たつしやな間だけ生きとりたい
働ける間だけ生きとりたい
としがよつて
力も弱うなつてしまひ
鍬も持てんやうになつて
おまえの世話になるやうになつたら

早う死んだ方がええとおもふ
とおかんは生きてをるときいふてゐたが
死ぬときがきたら死んだ方がよい
まつすぐに一すじに働いて
死んでゆく人が一ばん正しい

牢屋の半ぶんよりもつと悪いものをたべても
暮してゆけんやうな
こんな世の中に生きてゐるのはあんまりつらい

小野十三郎

犬

犬が口を開いて死んでいる。
その歯の白くきれいなこと。

おの・とおざぶろう（一九〇三―一九九六）大阪府生まれ。萩原恭次郎らによる詩誌「赤と黒」に影響を受け、アナーキズム詩運動に参加する。一九三九年に刊行された詩集「大阪」では戦時下の大阪の風景を鋭く描いた。他詩集に「火呑む欅」「重油富士」「拒絶の木」など。戦後は大阪文学学校を創設、校長も務めた。

大怪魚

かじきまぐろに似た
見あげるばかりの
大きな魚の化物が
海からあげられた。
おきざりにされて
砂浜には人かげもない。
ひきさかれた腹から
こやつは腹一ぱい呑みこんだ小魚を
臓腑もろとも
ずるずると吐きだして死んでいる。
その不気味さつたら。
おどろいたことに
その小魚どもがまたどいつもこいつも小魚を呑みこんでいるのだ。
海は鈍く鉛色に光つて
太古の相を呈している。

波しずかなる海にもえらい化物がいるものだ。
ひきあげてみたものの
しまつにおえぬ。
生乾しのまゝ
荒漠たる中に幾星霜。
いまだに
死臭ふんぷんだ。

工業

溢川を埋め
湿地の葦を刈り
痩せた田畑を覆へし
住宅を倒し
未来の工場地帯は海に沿うて果しなくひろがつてゐる。
工業の悪はまだ新しく
それはかれらの老い朽ちた夢よりもはるかに信ずるに足る壮大な不安だ。
私は見た。
どす黒い夕焼の中に立つて
もはや人間も馬どもも棲めなくなつた世界は。

またいい。

天野　忠

動物園の珍しい動物

セネガルの動物園に珍しい動物がきた
「人嫌い」と貼札が出た
背中を見せて
その動物は椅子にかけていた
じいっと青天井を見てばかりいた
一日中そうしていた
夜になって動物園の客が帰ると
「人嫌い」は内から鍵をはずし

あまの・ただし（一九〇九―一九九三）京都府生まれ。京都第一商業を卒業後、百貨店や出版社、古書店など様々な職に就く。一九三二年、処女詩集『石と豹の傍にて』を刊行。ウィットに富んだ作風で注目を浴びる。一九七四年「天野忠詩集」で無限賞、一九八一年「私有地」で読売文学賞受賞。他に「動物園の珍しい動物」など。

ソッと家へ帰って行った
朝は客の来る前に来て
内から鍵をかけた
「人嫌い」は背中を見せて椅子にかけ
じいっと青天井を見てばかりいた
一日中そうしていた
昼食は奥さんがミルクとパンを差し入れた
雨の日はコーモリ傘をもってきた。

修学旅行

東京へ行ったら恥かくな
先生は言った。
黒板に大きく洋式便器の絵を画いて
「ええか
　この前に立って行儀ようやるんじゃ
　ここを押すと
　水がサーッと出てくる」
水のサーッと出てくるところは
白ボクを勢いよく擦るように画いた。
古い牛乳みたいな水がサーッと出てきた。
「ええか　お前ら
　しょんべんで恥かくなッ」
黒板の水洗便器に向って
平畑村の古田君がハイッと手を挙げた。
「先生、しょんべんだけか」

「阿呆ッ、大は別じゃ」

それから大の方の絵と説明をしてから
「以上である、わかったか」

「ハイッ」

と全員は答えた。

次の日
全員十一名は夜明けに村を出て
駅まで歩いた。
途中で
古田君の病気のお母あが
日の丸を振っていた。

一生

蟻は勤勉な一生をもつ
蟻喰いとてもおなじ
ただ
一方は　喰い
一方は　喰われる。

山之口　貘

ねずみ

生死の生をほっぽり出して
ねずみが一匹浮彫みたいに
往来のまんなかにもりあがっていた
まもなくねずみはひらたくなった
いろんな
車輪が
すべって来ては
あいろんみたいにねずみをのした

やまのくち・ばく（一九〇三―一九六三）沖縄県生まれ。父親の事業が失敗し、一家離散の憂き目に遭う。職を転々とし、貧乏と放浪の日々を送りながら詩作を行った。一九三八年、第一詩集「思弁の苑」を刊行。自らの生活や飾らない庶民感情を独特のユーモアで描いた作風が注目された。他に詩集「鮪に鰯」など。

ねずみはだんだんひらたくなった
ひらたくなるにしたがって
ねずみは
ねずみ一匹の
ねずみでもなければ一匹でもなくなって
その死の影すら消え果てた
ある日　往来に出て見ると
ひらたい物が一枚
陽にたたかれて反っていた

湯気

白いのらしいが
いつのまに
こんなところにまでまぎれ込んで来たのやら
股間をのぞいてふとおもったのだ
洗い終ってもう一度のぞいてみると
ひそんでいるのは正に
白いちぢれ毛なんだ
ぼくは知らぬふりをして
おもむろにまた
湯にひたり
首だけをのこして
めをつむった

結婚

詩は僕を見ると
結婚々々と鳴きつゞけた
おもふにその頃の僕ときたら
はなはだしく結婚したくなつてゐた
言はゞ
雨に濡れた場合
風に吹かれた場合
死にたくなつた場合などゝこの世にいろいろの場合があつたにしても
そこに自分がゐる場合には
結婚のことを忘れることが出来なかつた
詩はいつもはつらつと
僕のゐる所至る所につきまとつて来て
結婚々々と鳴いてゐた
僕はとうとう結婚してしまつたが
詩はとんと鳴かなくなつた

いまでは詩とはちがつた物がゐて
時々僕の胸をかきむしつては
箪笥の陰にしやがんだりして
おかねが
おかねがと泣き出すんだ。

山田今次

あめ

あめ　あめ　あめ　あめ
あめ　あめ　あめ　あめ
あめはぼくらを　ざんざか　たたく
ざんざか　ざんざか
ざんざん　ざかざか
あめは　ざんざん　ざかざか　ざかざか
ほったてごやを　ねらって　たたく
ぼくらの　くらしを　びしびし　たたく

やまだ・いまじ（一九一二―一九九八）神奈川県横浜生まれ。草野心平、中原中也らの「歴程」同人。擬声語を多用したリズム感のある作風で注目される。詩集「行く手」「手帖」など。

さびが　ざりざり　はげてる　やねを
やすむことなく　しきりに　たたく
ふる　ふる　ふる　ふる
ふる　ふる　ふる　ふる
あめは　ざんざん　ざかざん　ざかざん
ざかざん　ざかざん
ざんざん　ざかざか
つぎから　つぎへと　ざかざか　ざかざか
みみにも　むねにも　しみこむ　ほどに
ぼくらの　くらしを　かこんで　たたく

貨車

ずでってん　てってん……
ずでってん　てってん……
ずでってん　てってん……
ずでってん　てってん……

たったんぐ……たったんぐ……

貨車がうごいてゆく
貨車がひきずられてゆく

あめがふっている
しーんといっぱいに　ふっている
ガスタンクも　大きな陸橋も
くらがりに　ぼんやりみえる

にぶいばく音がきこえている
ずでってん　てってん……
ずでってん　てってん……
たったんぐ……　たったんぐ……
貨車がひきずられてゆく
貨車がもみあってうごいてゆく

ふと
信号燈がてらしだす
貨車のシートが　あめつぶにひかって　うごいてゆく
信号燈は
ずっとむこうにも　ぽっ　と　ともっている
ずでってん　てってん……

ずでってん　てってん……
たったんぐ……たったんぐ
にぶいばく音がきこえている
あめが　ふっている　ふっている
貨車が　とおざかる
黒い枠のようになってとおざかる
たんぐ　たんぐ　たんぐ　たんぐ……

のみ

のみのとびでる　このたたみ
のみのにげこむ　このたたみ
のみめ　のみめ

のみにくわれる　このからだ
のみにめざめる　このよふけ
のみめ　のみめ

のみはぴんぴん　まいにちまいよ
わずかな　ちしおを　とりにくる
のみめ　のみめ

会田綱雄

あいだ・つなお（一九一四―一九九〇）東京生まれ。戦時中は南京の特務機関嘱託となり、中国へわたる。この頃草野心平を知り、詩作を始める。戦後、「歴程」同人。一九五七年「鹹湖」を刊行。同作で高村光太郎賞を受賞する。一九七七年には「遺言」で読売文学賞受賞。他に詩集『狂言』「汝」などがある。

伝説

湖から
蟹が這いあがってくると
わたくしたちはそれを縄にくくりつけ
山をこえて
市場の
石ころだらけの道に立つ

蟹を食うひともあるのだ

縄につるされ
毛の生えた十本の脚で
空を搔きむしりながら
蟹は銭になり
わたくしたちはひとにぎりの米と塩を買い
山をこえて
湖のほとりにかえる

ここは
草も枯れ
風はつめたく
わたくしたちの小屋は灯をともさぬ

くらやみのなかでわたくしたちは
わたくしたちのちちははの思い出を
くりかえし

くりかえし
わたくしたちのこどもにつたえる
わたくしたちのちちははも
わたくしたちのように
この湖の蟹をとらえ
あの山をこえ
ひとにぎりの米と塩をもちかえり
わたくしたちのために
熱いお粥をたいてくれたのだった

わたくしたちはやがてまた
わたくしたちのちちはははのように
痩せほそったちいさなからだを
かるく
かるく
湖にすてにゆくだろう
そしてわたくしたちのぬけがらを

蟹はあとかたもなく食いつくすだろう
むかし
わたくしたちのちちははのぬけがらを
あとかたもなく食いつくしたように

それはわたくしたちのねがいである

こどもたちが寝いると
わたくしたちは小屋をぬけだし
湖に舟をうかべる
湖の上はうすらあかるく
わたくしたちはふるえながら
やさしく
くるしく
むつびあう

帰郷

ぼくはやっとかえってきた
あれはてたふるさとに
かえってきた
焼けうせたぼくの家のあたりには
麦がのびてる
その麦は
灰をたべたのだ
そこにさいごのうんこをして
ぬけがらみたいに
ぼくはたおれた
ぼろ靴は
犬がくわえていくだろう
ぼくは
ぼろぼろにくずれていくだろう
麦は

こんどはぼくをたべるだろう
みのった麦は
粉にひきたまえ

二月の鬼

鬼だって生きなければならない
いや
鬼だからこそ生きなければならないのだ
と一匹の鬼は考える
二月の夜にしては
変にナマあったかいけれども
鰯の頭を神妙につるして
あわれや
人間どもは寝しずまり
鬼は外
空咳をしながら
薬莢をひろってあるいていると
涙がうっすらにじんでくる
御心配無用
悲しいんじゃない

あいつらに狙われた傷がうずいて
笑いだしたいくらいなんだ
痩せ我慢じゃない

黒田三郎

紙風船

落ちてきたら
今度は
もっと高く
もっともっと高く
何度でも
打ち上げよう
美しい
願いごとのように

くろだ・さぶろう（一九一九―一九八〇）広島県生まれ。東大経済学部卒。戦時中は現地招集でジャワに入る。帰国後、NHKに入社して記者を務めた。一九四七年、詩誌「荒地」創刊に携わる。一九五五年、「ひとりの女に」でH氏賞受賞。他に「失はれた墓碑銘」「小さなユリと」「渇いた心」など。

死のなかに

死のなかにいると
僕等は数でしかなかった
臭いであり
場所ふさぎであった
死はどこにでもいた
死があちこちにいるなかで
僕等は水を飲み
カードをめくり
えりの汚れたシャツを着て
笑い声を立てたりしていた
死は異様なお客ではなく
仲のよい友人のように
無遠慮に食堂や寝室にやって来た
床には
ときに

食べ散らした魚の骨の散っていることがあった
月の夜に
あしびの花の匂いのすることもあった

戦争が終ったとき
パパイアの木の上には
白い小さい雲が浮いていた
戦いに負けた人間であるという点で
僕等はお互いを軽蔑しきっていた
それでも
戦いに負けた人間であるという点で
僕等はちょっぴりお互いを哀れんでいた
酔漢やペテン師
百姓や錠前屋
偽善者や銀行員
大食いや楽天家
いたわりあったり

いがみあったりして
僕等は故国へ送り返される運命をともにした
引揚船が着いたところで
僕等は
めいめいに切り放された運命を
帽子のようにかるがると振って別れた
あいつはペテン師
あいつは百姓
あいつは銀行員

一年はどのようにたったであろうか
そして
二年
ひとりは
昔の仲間を欺いて金をもうけたあげく
酔っぱらって
運河に落ちて

死んだ
ひとりは
乏しいサラリーで妻子を養いながら
五年前の他愛もない傷がもとで
死にかかっている
ひとりは

その
ひとりである僕は
東京の町に生きていて
電車のつり皮にぶら下っている
すべてのつり皮に
僕の知らない男や女がぶら下っている
僕のお袋である元大佐夫人は
故郷で
栄養失調で死にかかっていて
死をなだめすかすためには

僕の二九二〇円では
どうにも足りぬのである
死　死　死
死は金のかかる出来事である
僕の知らない男や女がつり皮にぶら下っているなかで
僕もつり皮にぶら下り
魚の骨の散っている床や
あしびの花の匂いのする夜を思い出すのである
そして
さらに不機嫌になってつり皮にぶら下っているのを
だれも知りはしないのである

石原吉郎

足ばかりの神様

あぐらをかいているその男は
たしか神様をみたことがある
おわりもなく
はじめもない生涯の
どのあたりにいまいるのかを
とめどもなくおもい
めぐらしていたときだ
まあたらしいごむの長靴をはいた

いしはら・よしろう（一九一五―一九七七）静岡県生まれ。東京外語ドイツ語部卒。一九三九年応召。シベリアに抑留されるが、特赦を受けて一九五三年に帰国。一九五五年、粕谷栄市らと詩誌「ロシナンテ」を創刊した。一九六四年「サンチョ・パンサの帰郷」でH氏賞受賞。他に「石原吉郎詩集」「水準原点」など。

足ばかりの神様が
まずしげなその思考を
ゆっくりとまたいで
行かれたのだ
じつに足ばかりの
神様であった
あぐらをかいていたその男が
そのときたちあがったとは
どの本にも書いていない

泣きたいやつ

おれよりも泣きたいやつが
おれのなかにいて
自分の足首を自分の手で
しっかりつかまえて
はなさないのだ
おれよりも泣きたいやつが
おれのなかにいて
涙をこぼすのは
いつもおれだ
おれよりも泣きたいやつが
泣きもしないのに
おれが泣いても
どうなりもせぬ
おれよりも泣きたいやつを
ぶって泣かそうと

ごろごろたたみを
ころげてはみるが
おいおい泣き出すのは
きまっておれだ
日はとっぷりと
軒先で昏れ
おれははみでて
ころげおちる
泣きながら縁先を
ころげてはおちる

泣いてくれえ
泣いてくれえ

上林猷夫

死の正体

病人同士が
いたわり合った
今にも壊れそうな大部屋から
大急ぎで個室に移され
死がたったひとりで
夜通し喘いでいる
医者も看護婦も
いつの間にか姿を消してしまった

かんばやし・みちお（一九一四―二〇〇一）北海道生まれ。一九四六年に池田克己、佐川英三と「花」を創刊する。一九五二年「都市幻想」でH氏賞受賞。他に「機械と女」「遠い行列」「上林猷夫全詩集」「遺跡になる町」など。

点滴の管（くだ）も
痩せ細った老人の腕から外れたまま
（多分今夜あたり、と
医者が廊下でひとことしゃべったから）
入れ歯を取った老人は
瞳孔をいっぱいに見開き
別人のような歪んだ形相で
最後に何を訴え
何を見ようとしたのか
どこからも愛人は現われず
もう何も聞えない
喉はひゅーっ、ひゅーっ、と空（くう）に淋しく叫ぶばかり
死が喉にひっかかり蓋をしてしまった
老人は少しの間腕時計を気にしたが
もう時間もいらなくなった
白い幕の境界が微かに揺れ動き
死は誰からも見離されて

男たちが慇懃に待っている
あの忌わしい黒い扉に向って
ここからひとりで出て行った
(多分今夜あたり、と
医者が廊下でひとことしゃべったから)
附添婦は病人のベッドの下へ頭を突っ込み
どこかに紛れた
自分の貴重品袋を探している
(多分今夜あたり、と
医者が廊下でひとことしゃべったから)

生きもの

私が
ずっと後になって
少しばかり
手を貸したと思う時がある。
駅のホームで
指の先に
ふと赤とんぼがきてとまったことがある。
公園のベンチで
どこからか
老耄れた犬が寄ってきて
両足の間にうずくまったことがある。
狭い庭の
高く伸びた竹の葉の繁みで
野鳩の雛が二羽生れたことがある。
そっと覗くと

危(あや)く揺れながら
小さな瞳が
カメラレンズのシャッターのように
瞬いているのを見たことがある。
とんぼや犬や鳩は
誰かの生れ代りだろうか。
私が
知らないところで
少しばかり
手を貸したと思う時がある。

石垣りん

崖

戦争の終り、
サイパン島の崖の上から
次々に身を投げた女たち。

美徳やら義理やら体裁やら
何やら。
火だの男だのに追いつめられて。
とばなければならないからとびこんだ。

いしがき・りん（一九二〇―二〇〇四）東京生まれ。高等小学校卒業と同時に日本興業銀行に入社、定年まで勤める。一九五九年「私の前にある鍋とお釜と燃える火と」を刊行。一九六八年「表札など」を刊行、同作でH氏賞を受賞する。日常的なテーマから人間や社会とのつながりを独特のユーモアを交えて綴った。

ゆき場のないゆき場所。
（崖はいつも女をまっさかさまにする）

それがねえ
まだ一人も海にとどかないのだ。
十五年もたつというのに
どうしたんだろう。
あの、
女。

表札

自分の住むところには
自分で表札を出すにかぎる。

自分の寝泊りする場所に
他人がかけてくれる表札は
いつもろくなことはない。

病院へ入院したら
病室の名札には石垣りん様と
様が付いた。

旅館に泊っても
部屋の外に名前は出ないが
やがて焼場の罐（かま）にはいると
とじた扉の上に

石垣りん殿と札が下がるだろう
そのとき私がこばめるか？

様も
殿も
付いてはいけない、

自分の住む所には
自分の手で表札をかけるに限る。

精神の在り場所も
ハタから表札をかけられてはならない
石垣りん
それでよい。

くらし

食わずには生きてゆけない。
メシを
野菜を
肉を
空気を
光を
水を
親を
きょうだいを
師を
金もこころも
食わずには生きてこれなかった。
ふくれた腹をかかえ
口をぬぐえば
台所に散らばっている

にんじんのしっぽ
鳥の骨
父のはらわた
四十の日暮れ
私の目にはじめてあふれる獣の涙。

茨木のり子

自分の感受性くらい

ぱさぱさに乾いてゆく心を
ひとのせいにはするな
みずから水やりを怠っておいて

気難かしくなってきたのを
友人のせいにはするな
しなやかさを失ったのはどちらなのか

いばらぎ・のりこ（一九二六―二〇〇六）大阪生まれ。童話作家、脚本家としての顔も持つ。金子光晴を愛読し、自身も反骨精神の表れた作品を綴った。一九五三年、川崎洋と「櫂」を創刊。一九五八年「見えない配達夫」を刊行。詩集は他に「鎮魂歌」「対話」「自分の感受性くらい」「倚りかからず」などがある。

苛立つのを
近親のせいにはするな
なにもかも下手だったのはわたくし

初心消えかかるのを
暮しのせいにはするな
そもそもが　ひよわな志にすぎなかった

駄目なことの一切を
時代のせいにはするな
わずかに光る尊厳の放棄

自分の感受性くらい
自分で守れ
ばかものよ

わたしが一番きれいだったとき

わたしが一番きれいだったとき
街々はがらがら崩れていって
とんでもないところから
青空なんかが見えたりした

わたしが一番きれいだったとき
まわりの人達が沢山死んだ
工場で　海で　名もない島で
わたしはおしゃれのきっかけを落してしまった

わたしが一番きれいだったとき
だれもやさしい贈物を捧げてはくれなかった
男たちは挙手の礼しか知らなくて
きれいな眼差だけを残し皆発っていった

わたしが一番きれいだったとき
わたしの頭はからっぽで
わたしの心はかたくなで
手足ばかりが栗色に光った

わたしが一番きれいだったとき
わたしの国は戦争で負けた
そんな馬鹿なことってあるものか
ブラウスの腕をまくり卑屈な町をのし歩いた

わたしが一番きれいだったとき
ラジオからはジャズが溢れた
禁煙を破ったときのようにくらくらしながら
わたしは異国の甘い音楽をむさぼった

わたしが一番きれいだったとき
わたしはとてもふしあわせ

わたしはとてもとんちんかん
わたしはめっぽうさびしかった

だから決めた　できれば長生きすることに
年とってから凄く美しい絵を描いた
フランスのルオー爺さんのように
　　　　　　　　　　　　ね

黒田喜夫

くろだ・きお（一九二六―一九八四）山形県生まれ。高等小学校卒業後に上京、機械工として働く。戦後、共産党に入党するも後に除名。帰郷するが肺を患い、療養の傍ら詩作に励んだ。一九五九年「不安と遊撃」を刊行、H氏賞を受賞する。他に詩集「地中の武器」「黒田喜夫詩集」、評論集「死にいたる飢餓」など。

毒虫飼育

アパートの四畳半で
おふくろが変なことを始めた
おまえもやっと職につけたし三十年ぶりに蚕を飼うよ
それから青菜を刻んで笊に入れた
桑がないからね
だけど卵はとっておいたのだよ
おまえが生まれた年の晩秋蚕だよ
行李の底から砂粒のようなものをとりだして笊に入れ

その前に坐りこんだ
おまえも職につけたし三十年ぶりに蚕を飼うよ
朝でかけるときみると
砂粒のようなものは微動もしなかったが
ほら　じき生まれるよ
夕方帰ってきてドアをあけると首をふりむけざま
ほら　生まれるところだよ
ぼくは努めてやさしく
明日きっとうまくゆく今日はもう寝なさい
だがひとところに目をすえたまま
夜あかしするつもりらしい
ぼくは夢をみたその夜
七月の強烈な光に灼かれる代赭色の道
道の両側に渋色に燃えあがる桑木群を
桑の木から微かに音をひきながら無数に死んだ蚕が降っている
朝でかけるときのぞくと
砂粒のようなものは

よわく匂って腐敗をていしてるらしいが
ほら今日誕生で忙しくなるよ
おまえ帰りに市場にまわって桑の葉を探してみておくれ
ぼくは歩いていて不意に脚がとまった
汚れた産業道路並木によりかかった
七十年生きて失くした一反歩の桑畑にまだ憑かれてるこれは何だ
白髪に包まれた小さな頭蓋のなかに開かれている土地は本当に幻か
この幻の土地にぼくの幻のトラクタアは走っていないのか
だが今夜はどこかの国のコルホーズの話でもして静かに眠らせよう
幻の蚕は運河に捨てよう
それでもぼくはこまつ菜の束を買って帰ったのだが
ドアの前でぎくりと想った
じじつ蚕が生まれてはしないか
波のような咀嚼音をたてて
痩せたおふくろの躰をいま喰いつくしてるのではないか
ひととびにドアをあけたが
ふりむいたのは嬉しげに笑いかけてきた顔

ほら　やっと生れたよ
笊を抱いてよってきた
すでにこぼれた一寸ばかりの虫がてんてん座敷を這っている
尺取虫だ
いや土色の肌は似てるが脈動する背に生えている棘状のものが異様だ
三十年秘められてきた妄執の突然変異か
刺されたら半時間で絶命するという近東沙漠の植物に湧くジヒギトリに酷似している
触れたときの恐怖を想ってこわばったが
もういうべきだ
えたいしれない嗚咽をかんじながら
おかあさん革命は遠く去りました
革命は遠い沙漠の国だけです
この虫は蚕じゃない
この虫は見たこともない
だが嬉しげに笑う鬢のあたりに虫が這っている
肩にまつわって蠢いている

そのまま迫ってきて
革命ってなんだえ
またおまえの夢が戻ってきたのかえ
それより早くその葉を刻んでおくれ
ぼくは無言で立ちつくし
それから足指に数匹の虫がとりつくのをかんじたが
脚は動かない
けいれんする両手で青菜をちぎり始めた

空想のゲリラ

もう何日もあるきつづけた
背中に銃を背負い
道は曲りくねって
見知らぬ村から村へつづいている
だがその向うになじみふかいひとつの村がある
そこに帰る
帰らねばならぬ
目を閉じると一瞬のうちに想いだす
森の形
畑を通る抜路
屋根飾り
漬物の漬け方
親族一統
削り合う田地
ちっぽけな格式と永劫変らぬ白壁

柄のとれた鍬と他人の土
野垂れ死した父祖たちよ
追いたてられた母たちよ
そこに帰る
見覚えある抜道を通り
銃をかまえて曲り角から躍りだす
いま始源の遺恨をはらす
復讐の季だ
その村は向うにある
道は見知らぬ村から村へつづいている
だが夢のなかでのようにあるいてもあるいても
なじみない景色ばかりだ
誰も通らぬ
なにものにも会わぬ
一軒の家に近づき道を訊く
すると窓も戸口もない
壁だけの啞の家がある

別の家に行く
やはり窓もない戸口もない
みると声をたてる何の姿もなく
異様な色にかがやく村に道は消えようとする
ここは何処で
この道は何処へ行くのだ
教えてくれ
応えろ
背中の銃をおろし無音の群落につめよると
だが武器は軽く
おお間違いだ
おれは手に三尺ばかりの棒片を摑んでいるにすぎぬ?

【出典一覧】

中原中也　「中原中也詩集」（河上徹太郎・編／角川文庫）
宮沢賢治　「日本の詩歌18　宮沢賢治」（中央公論新社）
萩原朔太郎　「日本の詩歌14　萩原朔太郎」（中公文庫）
島崎藤村　「新装　ポケット日本の名詩」（山本太郎・編／平凡社）
高村光太郎　「現代詩文庫１０１８　高村光太郎詩集」（思潮社）
村山槐多　「新装　ポケット日本の名詩」（山本太郎・編／平凡社）
八木重吉　「現代詩文庫１０３１　八木重吉詩集」（思潮社）
金子みすゞ　「金子みすゞ童謡集　『わたしと小鳥とすずと』」（ＪＵＬＡ出版局）
山村暮鳥　「現代詩文庫１０４２　山村暮鳥詩集」（思潮社）
大関松三郎　「山芋」…「大関松三郎詩集　山芋」（寒川道夫・編著／講談社文庫）
「虫けら」「くさむし」…「新装　ポケット日本の名詩」（山本太郎・編／平凡社）

小熊秀雄　「小熊秀雄詩集」（創風社）
室生犀星　「定本　室生犀星全詩集　第一巻」（冬樹社）
井伏鱒二　「井伏鱒二全詩集」（岩波文庫）
佐藤春夫　「佐藤春夫詩集」（西脇順三郎・編／白凰社）
田中冬二　「現代詩文庫１０３０　田中冬二詩集」（思潮社）
三好達治　「日本の詩歌22　三好達治」（中央公論社）
金子光晴　「おっとせい」…「現代詩文庫１００８　金子光晴詩集」（思潮社）
「くらげの唄（抄）」…「新装　ポケット日本の名詩」（山本太郎・編／平凡社）
高橋新吉　「現代詩文庫１０２７　高橋新吉詩集」（思潮社）
丸山　薫　「現代詩文庫１０３６　丸山薫詩集」（思潮社）
村野四郎　「現代詩文庫１０２８　村野四郎詩集」（思潮社）
草野心平　「現代詩文庫１０２４　草野心平詩集」（思潮社）
高見　順　「現代詩文庫１０１４　高見順詩集」（思潮社）
中野重治　「現代詩文庫１０３２　中野重治詩集」（思潮社）

坂本　遼　「春」…「新装　ポケット日本の名詩」（山本太郎・編／平凡社）
「おかんの死」…「坂本遼作品集」（駒込書房）
小野十三郎　「犬」「大怪魚」…「現代詩文庫1021　小野十三郎詩集」（思潮社）
「工業」…「新装　ポケット日本の名詩」（山本太郎・編／平凡社）
天野　忠　「現代詩文庫85　天野忠詩集」（思潮社）
山之口　貘　「現代詩文庫1029　山之口貘詩集」（思潮社）
山田今次　「山田今次全詩集」（『山田今次全詩集』刊行会・編／思潮社）
会田綱雄　「現代詩文庫60　会田綱雄詩集」（思潮社）
黒田三郎　「現代詩文庫6　黒田三郎詩集」（思潮社）
石原吉郎　「現代詩文庫26　石原吉郎詩集」（思潮社）
上林猷夫　「現代詩文庫1045　上林猷夫詩集」（思潮社）
石垣りん　「現代詩文庫46　石垣りん詩集」（思潮社）
茨木のり子　「自分の感受性くらい」…「集成・昭和の詩」（大岡信・編／小学館）
「わたしが一番きれいだったとき」…「現代詩文庫20　茨木のり子詩集」（思潮社）

黒田喜夫　「現代詩文庫7　黒田喜夫詩集」（思潮社）

【参考文献】

「文藝年鑑　平成二十一年度版」（社団法人　日本文藝家協会　編／新潮社）
「文藝年鑑　平成十六年度版」（社団法人　日本文藝家協会・編／新潮社）

繰り返し読みたい

日本の名詩 一〇〇

2010年 9 月1日 第1刷
2024年10月1日 第7刷

編　纂　　彩図社文芸部

発行人　　山田有司

発行所　　株式会社　彩図社
東京都豊島区南大塚 3-24-4
MTビル　〒170-0005
TEL:03-5985-8213　FAX:03-5985-8224
https://www.saiz.co.jp

印刷所　　新灯印刷株式会社

 ISBN978-4-88392-749-4 C0192